Walter Isler

Studien über die Abhängigkeit des Strabismus von der Refraction

Antigonos

Walter Isler

Studien über die Abhängigkeit des Strabismus von der Refraction

Unveränderter Nachdruck der Originalausgabe von 1880.

1. Auflage 2024 | ISBN: 978-3-38694-605-6

Antigonos Verlag ist ein Imprint der Outlook Verlagsgesellschaft mbH.

Verlag: Outlook Verlag GmbH, Zeilweg 44, 60439 Frankfurt, Deutschland
Vertretungsberechtigt: E. Roepke, Zeilweg 44, 60439 Frankfurt, Deutschland
Druck: Libri Plureos GmbH, Friedensallee 273, 22763 Hamburg, Deutschland

Studien

über die

Abhängigkeit des Strabismus

von der Refraction.

Inaugural-Dissertation

zur

Erlangung der Doctorwürde

einer

hohen medicinischen Fakultät

der

UNIVERSITÄT ZÜRICH

vorgelegt von

Walter Isler, med. pract.
von Wohlen (Aargau).

Genehmigt
auf Antrag von Herrn Prof. **Horner.**

ZÜRICH
Druck von J. Schabelitz
1880.

Der Strabismus oder die Stellungsanomalie der menschlichen Augen, welche die Vereinigung der beiden Sehlinien in dem zu fixirenden Punkte nicht zu Stande kommen lässt, hat schon seit den ältesten Zeiten das allgemeinste Interesse erregt. Wohl mag dasselbe in erster Linie durch die gewaltige Einbusse, die in kosmetischer Hinsicht der Gesichtsausdruck des Strabotischen erleidet, verursacht worden sein; aber daneben ist man schon sehr frühe auch auf die andern, durch das genannte Leiden hervorgerufenen Uebelstände aufmerksam geworden, auf die Herabsetzung des Sehvermögens wenigstens auf einem Auge und auf die Nachtheile, die der Mangel des binocularen Sehactes überhaupt mit sich bringt. Angesichts dieser höchst unangenehmen Wirkungen des Strabismus und bei der grossen Häufigkeit desselben ist natürlich die Frage über die Zulässigkeit und den eventuellen Erfolg eines therapeutischen Eingriffs immer und immer wieder aufgeworfen worden; und mit dieser Frage eng verbunden ist eine andere, die die eigentliche Ursache und die Entstehungsweise des Leidens festzustellen sucht. Die Antwort auf die letztere Frage fiel nun sehr verschieden und oft gar seltsam aus. In der äusserst reichhaltigen Literatur über diesen Gegenstand findet sich, und zwar besonders bei den frühern Autoren, ein buntes Durcheinander der manigfaltigsten und oft sonderbarsten Ansichten über die Aetiologie des Schielens; dabei zeigt sich keine streng durchgeführte Unterscheidung zwischen den verschiedenen Schielformen mit ihren verschiedenen Ursachen, sondern der Strabismus wird nicht als ein einfaches Symptom, vielmehr als eine ganz selbstständige, für sich bestehende Krankheit hingestellt, deren Ursachen im Allgemeinen man nun zu eruiren sucht. Zwar bringt schon *Johannes Müller* und dann *Rüete* und seine Nachfolger in dieses Gebiet mehr Klarheit, aber erst *A. von Græfe* und *Donders* ist es gelungen, das immer noch herrschende Dunkel ganz aufzuhellen.

Einer der ältesten Forscher über diese Frage ist *Maître-Jean,*[1]) der den Grund des Schielens in einer in Beziehung auf die Augenachse abnormen Lage der Cornea sieht. Eine ganz andere Ansicht vertritt *Buffon,*[2]) der das ursächliche Moment bereits in einem Unterschied der Sehschärfe beider Augen sucht, wodurch ungleiche Eindrücke von denselben Gegenständen auf correspondirenden Netzhautparthien entstehen, die dann wegen ihres störenden Einflusses auf das deutliche Sehen das sehschwächere Auge zum Abweichen bringen; ausserdem weist genannter Autor auch einem Unterschied in der Refraction beider Augen bereits eine gewisse Bedeutung hier zu, indem das eine Auge zum Sehen in die Ferne und das andere zum Sehen in die Nähe benützt wird, während jeweilen das unbeschäftigte Auge abweicht. *Fischer*[3]) tritt dieser Auffassung entschieden entgegen, während *Johannes Müller* dieselbe theilt, ohne dabei aber andere Entstehungsursachen hintanzusetzen. Der letztgenannte Forscher[4]) unterscheidet einen Strabismus ciliaris in Folge verschiedener Refractionszustände der beiden Augen, einen Strabismus amblyopicus in Folge

---

1) *Maître-Jean:* Traité des maladies de l'œil et des rémèdes propres pour leur guérison. Troyes 1722. 2° éd.

2) *Buffon:* Dissertation sur la cause du strabisme ou des yeux louches. — Mémoires de l'académie de Paris. 1743.

3) *Fischer:* Theorie des Schielens. Ingolstadt 1787.

4) *Johannes Müller:* Zur vergleichenden Physiologie des Gesichtssinnes. Leipzig 1826.

Amblyopie des abgelenkten Auges, einen Strabismus oculo-
motorius, entstanden durch Affectionen der Bewegungsorgane,
einen Strabismus assuctus durch Angewöhnung entstanden, und
schliesslich einen Strabismus incongruus, beruhend auf einem
Unterschied in der Lage der identischen Punkte der beiden
Netzhäute, eine Abnormität, welche durch die Schielstellung
hinsichtlich ihrer Wirkung ausgeglichen werden soll. Zudem
aber spricht *J. Müller* bereits von einem Strabismus myopum,
wo das eine Auge abweicht wegen zu starker Ermüdung und
und undeutlichen Sehens in Folge der beim myopischen Sehen
nothwendigen starken Convergenz. Weit davon entfernt, der
*Müller'*schen Eintheilung beizupflichten, sieht *Rossi*,[1] gestützt
auf die Sectionsbefunde Einiger, die im Leben geschielt, in
einem fehlerhaften Bau der Orbitæ, besonders in einer Schief-
heit derselben, woraus er dann auch auf eine abnorme Insertion der den Bulbus bewegenden Muskeln schliesst, die Ursache des Leidens. *Pravaz*[2] hingegen sucht dieselbe in dem
Bestreben, durch die Ablenkung Abnormitäten in der Lage
der Linse zur Pupille, oder anderer lichtbrechender Theile
des Auges zu einander zu corrigiren. Wieder eine andere Auffassung hat *Neuber*,[3] der die Einwirkungen der Aussenwelt
auf das Kind bei der Genese des Strabismus vorzüglich berücksichtigt, wofür dem Autor übrigens wohl mehr die Angaben
von Mutter und Hebamme Gewährschaft bieten dürften, als
eigene Beobachtung.

Einen ganz neuen Standpunkt nimmt *Rüete*[4] in dieser
Frage ein. Nach ihm lässt sich in den meisten Fällen von
Schielen eine örtliche Ursache ausfindig machen, die auf einen

---

[1] *Rossi:* Observations sur le strabisme, lues à l'académie de science
de Turin dans le bulletin des sciences méd. 1829.

[2] *Pravaz:* Du strabisme. Revue médicale. 1830, août.

[3] *Neuber:* Ueber das Schielen der Augen etc. 1840.

[4] *Rüete:* Neue Untersuchungen und Erfahrungen über das Schielen
und seine Heilung. 1841.

oder mehrere Augenmuskeln einwirkt und dieselben bleibend
dynamisch überwiegend macht, oder eine organische Verkürzung derselben veranlasst; gewöhnlich sind es Entzündungen
des subconjunctivalen Zellgewebes oder der Sclerotica, des
Corpus ciliare, der Muskel- und Nervenscheiden, die sich auf
die Muskeln fortpflanzen, oder Entzündungen der Muskeln
selbst. Durch ein primäres Muskelleiden wird also in den
meisten Fällen die Ablenkung erzeugt; so bewirken auch
Hornhautflecken — entgegen früher aufgestellten Behauptun-
gen — keineswegs an und für sich Strabismus, sondern derselbe tritt erst ein, wenn die Entzündung, welche der Horn-
hautaffection zu Grunde liegt, sich auch auf die Muskeln aus-
gedehnt und daselbst eine bleibende Veränderung hervorgerufen
hat. Nur in ganz seltenen Fällen anerkennt *Rüete* eine andere
Grundursache des Schielens und hält er das Muskelleiden als-
dann für secundär, in denjenigen Fällen nämlich, wo die Ablenkung entstanden ist in Folge einer abnormen Identität der
beiden Netzhäute, oder wegen eines verschiedenen Refractions-
zustandes der beiden Augen, wo das eine Auge so kurz-, das
andere so weitsichtig ist, dass in keiner Entfernung ein Object
von beiden Augen zugleich gesehen werden kann. Später [1])
erwähnt er übrigens auch das Vorkommen von Strabismus bei
Myopie und zwar von Strabismus convergens bei hochgradiger
Myopie. Entzündliche Processe in den Muskeln des Bulbus,
die einen veränderten Kräftezustand des afficirten Muskels und
somit das Schielen verursachen, werden auch von *Dieffenbach* [2])
in Betracht gezogen; doch ist derselbe mehr geneigt, als
häufigste Ursache die verschiedenen Trübungen der brechenden
Medien, die das davon befallene Auge zur Ablenkung bringen,
anzusehen. Daneben kann er nicht umhin, gleich wie *Neuber*,

---

[1]) *Rüete:* Lehrbuch der Opththalmologie. Bd. II.

[2]) *Dieffenbach:* Das Schielen und die Heilung desselben durch die
Operation. Göttingen 1842.

dem Einfluss der Umgebung auf die Blickrichtung des Kindes eine gewisse Bedeutung einzuräumen; partielle Lähmung der Retina eines Auges und ungleiche Refraction beider Augen zieht er als Ausnahmsfälle in Berücksichtigung. Seinen Ausführungen schliesst sich *Himly*[1]) an, der sich im Weitern besonders auch auf *J. Müller* zurückbezieht, ohne im Wesentlichen Neues zu bringen. *Böhm*[2]) hingegen will von allen jenen äussern Zufälligkeiten, welche die meisten der frühern Autoren bei den Entstehungsursachen des Schielens mehr oder weniger zu verwerthen bestrebt sind, ausdrücklich nichts wissen; für ihn sind nur folgende Momente von Bedeutung: Augenentzündungen und Trübungen der brechenden Medien, Kurzsichtigkeit und Schwachsichtigkeit des abgewichenen Auges bei normalem Verhalten des andern, Presbyopie des einen und Myopie des andern Auges. Ausserdem erwähnt[3]) er ausdrücklich, dass oft das schielende Auge mit Convexgläsern weit besser sehe, ohne allerdings durch die Constatirung dieser Thatsache zu weiteren Schlussfolgerungen veranlasst zu werden, welche auf den Zusammenhang von Strabismus mit Hypermetropie hinweisen würden.

Diese letztgenannte Beziehung wird auch durch *A. von Græfe*[4]) noch nicht aufgeklärt, obschon derselbe durch seine diesbezüglichen Betrachtungen diesen Verhältnissen weit näher gebracht wird, als alle seine Vorgänger. Er unterscheidet[5]) vom pathogenetischen Gesichtspunkte aus drei Kategorien von Strabismus concomitans: 1) Fälle, wo nur bei scharfer Fixation eines bestimmten Gegenstandes, sei derselbe nahe oder

---

[1]) *Himly*: Krankheiten und Missbildungen des menschlichen Auges. I. Thl. 1843.

[2]) *Böhm*: Das Schielen etc. 1845.

[3]) *Böhm*: l. c. pag. 81.

[4]) *A. von Græfe:* Beiträge zur Lehre vom Schielen etc. Archiv f. Ophth. Bd. III. 1. 1857.

[5]) *A. von Græfe:* l. c. pag. 279 u. f.

fern, eine Ablenkung eintritt, was nach *A. von Græfe* seine Erklärung darin findet, dass entweder eine Störung des gemeinschaftlichen Sehactes vom schielenden Auge ausgeht, weshalb gerade dasselbe bei Fixation abgelenkt wird, oder aber dass veränderte Accommodationsverhältnisse, die im Gegensatz stehen zu denjenigen beim «gedankenlosen» Blick, hier das bedingende Moment sind, das die Abweichung auch unter der verdeckenden Hand zu Stande kommen lässt; 2) unterscheidet er Fälle, bei denen das Schielen erst jenseits einer gewissen Entfernung auftritt, und die er auf grosser beiderseitiger Myopie, oder auf ungleichen Refractionszuständen beider Augen, oder aber auf Trübungen der brechenden Medien des einen Auges beruhen lässt, wo jeweilen in der Nähe binoculär noch deutlich gesehen werden kann, jenseits einer gewissen Entfernung aber nicht mehr, weshalb dann das stärker myopische oder das sehschwächere Auge deviirt; 3) führt er schliesslich Fälle an, wo Einwärtsschielen nur bei starker Accommodation eintritt, und zwar auch bei Bedecken des schielenden Auges, was er durch eine krankhaft gesteigerte Contraction der Musculi recti interni in Folge sehr starker Accommodation erklärt.

A. von Græfe ist also der Erste, der bei seinen Untersuchungen nicht nur hauptsächlich den Zustand des schielenden Auges in Berücksichtigung zieht und der die Ablenkung nicht nur ausschliesslich zu Stande kommen lässt, um gerade dieses eine Auge vom Sehacte auszuschliessen, sondern der in der Abweichung, wenigstens theilsweise, das Bestreben erkennt, dadurch die Sehkraft des nicht abgelenkten Auges zu erhöhen. Allerdings war es erst *Donders*[1]) vorbehalten, in diese pathogenetischen Verhältnisse des Strabismus die volle Klarheit zu bringen. Indem derselbe die früher aufgestellten Ansichten theils widerlegte, theils als nebensächlich hinstellte, wies er in

---

[1]) *Donders:* Zur Pathogenie des Schielens. Archiv. f. Ophth. Bd. IX. 1. 1863.

überzeugendster Weise die Abhängigkeit des Strabismus von der Refraction nach.

Strabismus convergens hat meistens seinen Grund in Hypermetropie. Um deutlich zu sehen, muss der Hypermetrope möglichst stark accommodiren; um dieser Anforderung an seine Accommodationskraft genügen zu können, muss er immer noch stärker convergiren; diese stärkste Convergenzleistung wird natürlich mit einem Auge allein besser gelingen; sobald daher die durch das Accommodationsbedürfniss geforderte Convergenz beider Augen eine gewisse Höhe erreicht hat, tritt bei noch stärkerer Anforderung eine plötzliche und starke Deviation des einen Auges ein, bei gleicher Accommodationsanstrengung auf beiden Augen. Doppelbilder treten dabei nicht auf oder werden wenigstens nicht gewürdigt, weil die Ablenkung so stark eintritt, dass auf dem schielenden Auge das Bild auf eine ganz periphere Netzhautparthie fallen muss, wo dessen Dignität gleich Null wird gegenüber der Bildschärfe auf dem mit der Macula lutea fixirenden gesunden Auge. Begünstigend auf das Zustandekommen der Ablenkung wirken alle Momente, die den Werth des Binocularsehens herabsetzen, wie angeborner Unterschied in der Sehschärfe oder dem Brechungszustande beider Augen, Hornhautflecken, Amblyopie, Astigmatismus des einen Auges. In derselben Weise wirken ferner alle Momente, welche die Convergenzbewegung zu erleichtern im Stande sind: eine hiefür günstige Form und Lage des Bulbus, oder eine besondere Anordnung der betreffenden Muskeln; ebenso ein hoher Werth von Winkel α (dem Winkel zwischen Sehlinie und Hornhautachse).

Den Strabismus divergens erklärte *Donders* vorwiegend als Folge von Myopie: der Myope muss die Gegenstände sehr nahe nehmen, muss also möglichst stark convergiren; die Interni sind nun aber den dadurch an sie gestellten übermässigen Anforderungen nicht gewachsen, um so weniger, da zudem der myopische Bulbus wegen seines ana-

tomischen Baues schwer nach innen zu bewegen ist; dieselben werden insufficient, die Externi bekommen das Uebergewicht und es entsteht so Divergenz. Auch hier wird das
Entstehen der Abweichung befördert durch alle Umstände, die
den binocularen Sehact schädigen, ebenso wie durch alle Momente, welche die Divergenzbewegung erleichtern können;
unter den letzteren Factoren ist hauptsächlich zu nennen ein
aussergewöhnlich kleiner Winkel α und eine angeborne Prä-
valenz der Externi.

Während *Donders* nur beiläufig das Vorkommen des Strabismus convergens auch bei Myopie anführt, ist dann ein Jahr
später diese besondere Form von convergirendem Schielen
durch *A. von Græfe* [1]) genau festgestellt worden.

In der Folgezeit nun wird von allen Forschern auf diesem
Gebiete die Ametropie als die den Strabismus wesentlich bedingende Ursache anerkannt; die oft damit verbundenen com-
plicirenden Momente hingegen, welche durch einseitige Schwächung oder Aufhebung des Sehvermögens die Entstehung des
Schielens begünstigen sollen, finden nur noch theilweise ihre
Würdigung, da auf manche Fälle aufmerksam gemacht wird,
wo trotz Amblyopie und anderweitiger Schädigung des Sehvermögens auf einem Auge dennoch normale binoculare Ein-
stellung erfolgt. Ausserdem macht sich bei den späteren
Autoren das Bestreben geltend, die die Convergenz und Divergenz erleichternden und erschwerenden Momente, die in den
anatomischen Verhältnissen des Auges liegen, möglichst genau
festzustellen. Schon *Donders* hatte in dieser Hinsicht die
Grösse des Winkels α, die Form des Bulbus und veränderte
Muskelverhältnisse als massgebende Factoren erwähnt. *Mannhardt* [2]) nun führt drei scharf präcisirte Bedingungen für eine

---

[1]) *A. von Græfe*: Archiv f. Ophth. Bd. X. 1. 1864.

[2]) *J. Mannhardt*: Musculäre Asthenopie und Myopie. Archiv f.
Ophth. Bd. XVII. 2. 1871.

Erleichterung der Convergenz an: eine geringe Pupillendistanz, eine geringe Convergenz der Orbitalachsen nach hinten und einen hohen Werth des Winkels α. Diese Bedingungen erfüllt nach *Mannhardt* das hypermetropische Auge, woraus sich der Zusammenhang der Hyperopie mit Strabismus convergens leicht erklärt. Die entgegengesetzten Bedingungen sieht genannter Autor beim myopischen Auge verwirklicht, dessen Bewegungen nach einwärts demnach erschwert sind; aus dieser erschwerten Convergenz beim myopischen Auge resultirt die Insufficienz des Internus, welche zur Divergenz führt. — Diese Ansicht findet indessen gar bald ihre entschiedenen Gegner. *Alfred Græfe* [1]) erklärt *Mannhardt*'s Angaben als unbewiesen und theilweise unbeweisbar und weist dessen Schlussfolgerungen daher als unrichtig oder mindestens als verfrüht zurück. Ebenso wenig kann *Mauthner* [2]) den angeführten Gründen für eine grössere Convergenzfähigkeit des hypermetropischen Auges beipflichten, da seine Erfahrungen ihm manchmal sowohl hinsichtlich der Pupillendistanz als auch bezüglich des Winkels α gerade das Gegentheil von dem zeigten, was *Mannhardt* und theilweise schon *Donders* behauptet hatten. *Mauthner* sieht sich ausserdem [3]) veranlasst, der alt hergebrachten Angabe eines begünstigenden Einflusses einseitiger Amblyopie auf das Entstehen des Schielens entgegenzutreten, da er unter den einseitig Amblyopischen mit Refractionsanomalien mindestens ebenso viele gefunden, welche nicht schielen, als solche, welche schielen. Ebenso wenig anerkennt er die Bedeutung der Hornhautflecken für die Entwickelung des Strabismus: wo dieser Zusammenhang vorkommt, führt er die Ursache desselben darauf zurück, dass zur Zeit der acuten Cornaeerkrankung die Entzündung von der Hornhaut auf den

---

[1]) *Alfred Græfe*: Motilitätsstörungen des Auges.

[2]) *Mauthner*: Vorlesungen über die optischen Fehler des Auges. Innsbruck 1876. pag. 547.

[3]) *Mauthner*: l. c. pag. 551.

betreffenden Muskel oder dessen Umgebung übergegriffen und dessen bleibende Verkürzung und somit den Strabismus erzeugt hat, eine Anschauung, welcher schon *Rüete* huldigte. — In allerneuester Zeit hat es *Emmert*[1]) versucht, die Aetiologie des Schielens noch mehr aufzuklären, ohne dabei zu neuen wesentlichen Resultaten zu gelangen. Ebenso wie *Ulrich*,[2]) kann auch er die Angaben *Mannhardt*'s über den Unterschied der Pupillendistanz bei den verschiedenen Refractionen und über die verschiedene Richtung der Orbitalachsen nicht bestätigen, ist aber sonst mit der Annahme einer erhöhten Convergenzfähigkeit des hypermetropischen Auges einverstanden. Die Divergenz bei Myopie lässt er in Folge erschwerter Convergenz entstehen, welche letztere aus dem Bau des myopischen Bulbus und seiner Muskeln resultirt. — Am meisten ist wohl *von Hasner*[3]) von der *Donders*'schen Auffassung abgewichen, indem derselbe im Allgemeinen die hauptsächliche Ursache des Strabismus nicht sowohl in Refractionsanomalien sieht, sondern in einer primären Störung der anatomischen Stellung der Augen, welche in erster Linie ihren Grund in Missverhältnissen der mittleren Muskellängen, in abnormer Insertion und Structurveränderung der Muskeln, in abnormer Verbindung des Bulbus mit seiner Umgebung, in Unregelmässigkeiten der Orbita hat. Refractionsanomalien will er nicht so ohne Weiteres als primäre Ursachen des Schielens anerkennen, denn in allen diesen combinirten Fällen ist es ihm noch immer fraglich, ob die Refractionsanomalie wirklich zum Strabismus geführt habe, oder ob nicht beide als ein angeborner Zustand neben einander gehen. —

---

[1]) *Emmert*: Auge und Schädel, ophthalmol. Untersuchungen. 1880.

[2]) *Ulrich*: Zur Aetiologie des Strabismus converg. *Zehnder*'s klinische Monatsblätter. XVI. Jahrgang. 1878. pag. 440.

[3]) *von Hasner*: Theorie des Schielens; vide Beiträge zur Physiologie und Pathologie des Auges. Prag 1873. pag. 60 u. f.

Das ist so im Grossen und Ganzen der gegenwärtige Stand der Frage über die Entstehungsursachen des Strabismus, insbesonders seiner Abhängigkeit von der Refraction. Da nun Verfasser durch die Freundlichkeit seines hochverehrten Lehrers Herrn Professor *Horner* sich in den Fall gesetzt sah, eine grössere Anzahl von Strabismen der verschiedensten Formen zum eingehenden Studium zu bekommen, so hat sich derselbe die Aufgabe gestellt, das vorliegende Material im Sinne der oben gezeichneten Fragen einer, soweit wie immer möglich einlässlichen Untersuchung zu unterwerfen, selbst auf die Gefahr hin, dadurch an der Hand der Statistik vielleicht nur neue Belege für die Richtigkeit längst bekannter Ansichten und Angaben aufbringen zu können. Denn sollte auch dabe gar nichts Neues zu Tage gefördert werden, so suchen die folgenden Beobachtungen und Zusammenstellungen dennoch ihre Berechtigung in der Annahme, dass Detailuntersuchungen für einen endgültigen Ausbau der Lehre vom Strabismus nicht nur fördernd, sondern durchaus nothwendig sind.

Meine Beobachtungen erstrecken sich auf 369 Strabismusfälle, die sich vom Januar 1875 an bis Ende December 1879 in der Privat- und Poliklinik von Herrn Professor *Horner* in Zürich vorgestellt hatten. Streng ausgeschlossen sind von dieser Zahl alle Fälle von scheinbarem Strabismus und ebenso diejenigen mit latentem (dynamischem), mit paralytischem und mit artificiellem Schielen; ausserdem haben unter all den Fällen von manifestem Strabismus concomitans hier nur diejenigen Berücksichtigung gefunden, deren Refraction auf beiden Augen auch objectiv durch das Ophthalmoskop bestimmt worden, was nun Veranlassung gab, von den auf Myopie beruhenden divergenten Strabismen eine etwas grössere Anzahl auszuschliessen, als das bei den andern Schielformen nöthig war. Die Untersuchungen wurden in der Weise ausgeführt, dass jeweilen für beide Augen Alles bestimmt wurde, das in irgend-

welchem Zusammenhang mit dem Strabismus sein zu können
schien; Alter und Geschlecht des Individuums, Form und Entstehungsart des Strabismus wurde festgestellt; für jedes Auge
besonders wurde subjectiv und objectiv der Refractionszustand,
das Sehvermögen, eventuell die Complication mit Astigmatismus, mit Hornhaut- und Linsentrübungen bestimmt, sodann
die Pupillendistanz der Augen gemessen, und schliesslich auf
Asymmetrien im Schädelbau, auf hereditäre Verhältnisse und
auf den allgemeinen Kräftezustand des Strabotischen Rücksicht
genommen. Natürlich sind nicht alle die genannten Bestim-
mungen bei allen Fällen gemacht worden; hauptsächlich gilt
das von der Pupillendistanz, die noch lange nicht in allen
Fällen gemessen werden konnte.

Im Folgenden werden nun zuerst im Allgemeinen die er-
haltenen Resultate mitgetheilt, indem vorläufig von der Auf-
zählung eines jeden einzelnen Falles wohl abgesehen werden
darf.

Strabismus convergens.

Unter den 369 Strabismen finden sich 236, also 64%
Strabismus convergens. Diese 236 Einwärtsschielenden, wovon
97, also 41% dem männlichen und 139, 59%, dem weiblichen
Geschlechte angehören, zeigen in 208 Fällen auf beiden Augen
hypermetropische und in 13 Fällen auf beiden Augen verschiedene Refraction; 4 weitere Fälle lassen beiderseits Emmetropie
und 11 Fälle beiderseits Myopie erkennen.

Jeweilen fast ein Dritttheil hat Strabismus alternans und
Strabismus oculi dextri, und etwas mehr als ein Dritttheil schielt
mit dem linken Auge; die Richtigkeit der Angaben früherer
Autoren, z. B. *Dieffenbach*'s [1]), dass das Schielen mit dem
linken Auge ungemein viel häufiger sei, als das mit dem rechten,
analog der stärkeren Entwickelung der rechten Körperhälfte,
würde sich demnach daraus nicht ergeben.

Strabismus convergens hypermetropicus macht nach der
obigen Zusammenstellung 88% sämmtlicher Fälle von Strabismus convergens aus, wobei nochmals ausdrücklich bemerkt
sei, dass hier stets nicht nur auf manifeste, sondern auch auf
latente Hypermetropie geprüft wurde. Allerdings sind unter
diesen 208 einwärtsschielenden Hypermetropen auch 11 mit
maculæ corneæ und schwachen Linsentrübungen mitgerechnet,
was jedoch der Richtigkeit der ganzen Berechnung keinen Ein-

[1]) *Dieffenbach:* Das Schielen etc. pag. 130.

trag thun kann, aus Gründen, die an einer anderen Stelle zu
erörtern sein werden. *Donders* hat bei seinen s. Z. veröffent-
lichten Zusammenstellungen [1] 11 % weniger Hypermetropen
unter den Einwärtsschielenden gefunden, hat aber von diesen
letzteren mehr als 100 weniger in Berücksichtigung ziehen
können, wie er ja denn auch damals hinzufügt, er sei über-
zeugt, dass die von ihm angegebene Procentzahl im Verhältniss
zur Wirklichkeit noch zu niedrig gegriffen sei.

Was das Alter dieser Hypermetropen anbelangt, so haben
103, also 50 %, ein solches bis zu 10 Jahren und 82, 39 %,
ein solches von 10—20 Jahren, während nur 19, also 9 %,
20—30 Jahre und 4, 2 %, 30—40 Jahre alt sind. Dabei sei
bemerkt, dass Strabotische in höheren Jahren, bei denen sich
das Entstehen des Leidens mit Sicherheit in die Kindheit zu-
rückverlegen liess, hier natürlich in die erste Altersperiode
eingereiht wurden.

In Bezug auf den Grad der Hyperopie zeigt ein einziger
Fall, eine Hyperopie zwischen 20—10 D. (nämlich H. $^1/_3$); 34
Fälle, 16 % eine solche von 10—5 D., während 123 Fälle,
59 %, 5—2 D. H. und 50 Fälle, 24 %, 2—0 D. H. aufweisen.
Es sind also nicht etwa die höchsten Grade von H, bei denen
sich Strabismus convergens findet, sondern vielmehr die mittleren und schwachen Grade, — wiederum eine Bestätigung
dessen, worauf schon *Donders* s. Z. aufmerksam gemacht hat.
Dabei ist aber keineswegs ausser Acht zu lassen, dass bei
Hypermetropie die höheren Grade überhaupt sehr selten sind,
während die mittleren und besonders die geringen Grade sich
sehr häufig finden, [2] so dass demnach jene 16 % von starker
H. bei den einwärtsschielenden Hypermetropen sich immerhin

---

[1] *Donders*: Zur Pathogenie des Schielens. Archiv für Ophth.
Bd. IX. 1. pag. 111.

[2] Vide *Cohn*: Refraction der Augen von 240 atropinisirten Schul-
kindern. Archiv für Ophth. Bd. XVII. 2. pag. 316.

noch als eine verhältnissmässig grosse Procentzahl präsentiren im Vergleich zu den wenigen Procenten von starker H., welche sich bei einer Untersuchung von einer möglichst grossen Anzahl Hyperopen, schielender und nicht schielender, herausstellen würden.

Auf dem abgelenkten Auge ist die Hypermetropie bei einem Dritttheil der Fälle stärker als auf dem fixirenden, während dieselbe sich bei den übrigen als auf beiden Augen gleich erweist. Die Sehschärfe zeigt sich bei der Mehrzahl auf dem schielenden Auge mehr oder weniger bedeutend verringert.

Astigmatismus findet sich bei 35, und zwar zum Theil auf beiden Augen, meistens aber nur auf dem abgelenkten. Die Pupillendistanz ist bei 30 von diesen Strabotischen gemessen, und ergibt als Durchschnittsmaass 56 mm., während die einzelnen Maasse schwanken zwischen 50 und 68 mm.

Heredität ist nur in 3 Fällen nachzuweisen, eine Asymmetrie in der Schädel- und Gesichtsbildung bei 12.

An diese 208 Fälle von rein hypermetropischer Convergenz schliessen sich die 13, also 6 %, mit Refractionsverschiedenheit auf den beiden Augen an. Es sind darunter 7 Fälle, wo das eine Auge emmetropisch, das andere, und zwar ist es fast durchweg das abgelenkte, hypermetropisch ist; ferner 3 Fälle mit Hyperopie des einen und Myopie des anderen Auges; und im Weitern 3 Fälle mit Emmetropie des einen und Myopie des anderen, und zwar hier immer des abgewichenen Auges. Der Grad der Ametropie ist jeweilen ein nur geringer. Beiläufig sei hier bemerkt, dass 9 dieser 13 Anisometropen eine ausgesprochene Asymmetrie in ihrer Schädelbildung erkennen lassen. — Auf diesen bei Anisometropie vorkommenden Strabismus, und ebenso auf denjenigen bei Emmetropie, wovon hier 4 Fälle von Strabismus convergens zu verzeichnen sind, werde ich übrigens bei der Erörterung der diesbezüglichen Verhältnisse beim Strabismus divergens noch einmal zurückkommen.

Hier sei jetzt noch in eingehender Weise der bei Myopie vorkommenden Fälle von Strabismus convergens Erwähnung gethan, die einzeln angeführt werden sollen, da dieselben wegen ihres ungewöhnlichen Vorkommens wohl ein erhöhtes Interesse beanspruchen dürfen.

A. von Græfe [1]) gebührt das Verdienst, zuerst den **Strabismus convergens myopicus** genau definirt und in seinen Ursachen erklärt zu haben. Diese besondere Form von convergirendem Schielen beruht bei bestehender Myopie in einem erhöhten Kraftzustand des Internus, wodurch eine Disposition zu fehlerhafter Convergenz geschaffen ist; diese Convergenz wird nun manifest entweder durch andauernde Anstrengungen des myopischen Auges, infolge welcher der anhaltend contrahirte Internus die Fähigkeit verliert, wieder genügend zu erschlaffen, oder aber nach erschöpfenden Allgemeinerkrankungen, welche die Kraft des Externus schwächen, während der von vornherein stärkere Internus verhältnissmässig weniger mitgenommen wird und so sein präexistirendes Uebergewicht erst recht zur Geltung bringen kann.

Während *von Græfe* nur etwa 2 % von Strabismus convergens in ursächlichem Zusammenhang mit Myopie stehen lässt, sind wir nach unseren Zusammenstellungen im Falle, eine etwas höhere Procentzahl, nämlich 4,6 %, annehmen zu können, da sich, wie schon oben angegeben, unter 236 Convergenzfällen 11 mit beiderseitiger Myopie finden. Die nachfolgende Tabelle I führt dieselben einzeln auf.

---

[1]) *A. von Græfe*: Archiv für Ophth. Bd. X. 1.

Tabelle I.

Personen	Alter	Geschlecht	Auge	Strabismus	Sehschärfe	Refraction subjectiv	Refraction objectiv	Astigmat.	Trübungen	Pupillen-distanz	Bemerkungen
1.	22 J.	M.	L.	Strab. conv.	$1/10$	M. $1/2$	id.	.	Maculæ		
			R.	alternans	$1/5$	M. $1/2\,1/2$	id.		bds. corneæ		
2.	24 J.	M.	L.	Strab. conv.	$1/3$	M. $1/2\,1/4$	id.			67 mm.	
			R.		$1/4$	M. $1/2$	id.				
3.	17 J.	M.	L.	Strab. conv.	$5/6-1$	M. $1/8$	id.				
			R.		1	M. $1/8$	id.				
4.	16 J.	W.	L.	Strab. conv.	$5/6$	M. $1/6$	M. $1/12$			60 mm.	Patientin trug niemals Brille. Strabismus nach langer fieberhafter Krankheit entstanden.
			R.		$5/6-1$	M. $1/7$	M. $1/12$				
5.	31 J.	W.	L.		$1/3-1/2$	M. $1/4\,1/2$	id.			54 mm.	
			R.	Strab. conv.	$1/3-1/2$	M. $1/4\,1/2$	id.				

Personen	Alter	Geschlecht	Auge	Strabismus	Sehschärfe	Refraction subjectiv	Refraction objectiv	Astigmat.	Trübungen	Pupillendistanz	Bemerkungen
6.	19 J.	M.	L.		1	M. 1/16	id.				Patient trug niemals Brille.
			R.	Strab. conv.	1/3	M. 1/6 1/2	id.				
7.	27 J.	W.	L.				M. 1/10	As. my.			
			R.	Strab. conv.			M. 1/4				
8.	12 J.	W.	L.		1/2	M. 1/43	M. 1/49				Strabism. nach Scharlach entstanden.
			R.	Strab. conv.	Finger in 6'		M. 1/8				
9.	9 J.	W.	L.	Strab. conv.	1/2	M. 1/30	$\parallel$ M.$^2_{42}$ [*] $=$ M.$^1_{20}$	As. my.			
			R.	altern.	1/2		$\parallel$ M. 1/60 $=$ M. 1/30	As my.			
10.	20 J.	W.	L.		5/6	M. 1/8	M. 1/10				Patientin trug niemals Brille.
			R.	Strab. conv.	5/6	M. 1/7	M. 1/10				
11.	36 J.	W.	L.		2/3	M. 1/.5	id.			62	
			R.	Strab. conv.	1/2	M. 1/4 1/2	id.				

*) Anmerkung: ∥ bezeichnet den vertikalen und = den horizontalen Meridian.

Unter diesen 11 Fällen findet sich nur bei einem einzigen (Nr. 1) eine Trübung in den brechenden Medien, und bei demselben kommen zudem die Maculæ corneæ auf beiden Augen vor; anderweitige Complicationen, die vielleicht hindernd auf die Theilnahme beider Augen am Sehacte eingewirkt hätten, sind ebenfalls nicht vorhanden, da bei Nr. 9 der Astigmatismus beiderseits in gleicher Weise sich zeigt, und bei Nr. 7 derselbe gerade auf dem nicht abgelenkten Auge auftritt. Es kann demnach, da vorhergegangene Abducens-Paralysen oder Paresen nach dem Ergebniss genauer Untersuchung unbedingt auszuschliessen sind, für die Entstehung dieses Strabismus einzig und allein die beiderseitige Myopie in Frage kommen. Diese Myopie ist durchweg von höherem und mittlerem Grade, schwächere findet sich, mit Ausnahme eines einzigen Falles (Nr. 9), gar nicht, während anderseits sogar die höchsten Grade von Myopie in Nr. 1 und 2 vertreten sind. Das abgelenkte Auge ist meist etwas kurzsichtiger, doch zeigt sich auch in mehreren Fällen ganz gleiche Refractionsstärke auf beiden Augen. Die Sehschärfe des abgewichenen Auges ist fast durchweg von derjenigen des anderen Auges nicht sehr verschieden. Strabismus alternans ist hier ziemlich selten.

In Bezug auf das Alter dieser Strabotischen ist als sehr wesentlich hervorzuheben, dass nur ein einziger unter 10 Jahren zählt, während 5, also 45%, der Altersperiode von 10—20 Jahren und die weiteren 5, 45%, derjenigen von 20—36 Jahren angehören. Es präsentirt sich also da eine ganz andere Altersscala als bei den gewöhnlichen, auf Hypermetropie beruhenden Fällen von Einwärtsschielen, wo ja gerade in der ersten Jugendzeit die Hälfte aller dieser Erkrankungen vorkommen. Es wurde übrigens diese Beobachtung s. Z. schon durch *A. von Graefe* ausdrücklich hervorgehoben, wie denn auch sonst unsere aus oben stehender Tabelle gezogenen Schlüsse mit den diesbezüglichen Resultaten *von Graefe's* völlig übereinstimmen. Auch den vom genannten Autor angegebenen und oben mit-

getheilten Gelegenheitsursachen für die Entwickelung dieser
Strabismusform können wir — soweit unsere Untersuchungen
in dieser Hinsicht einen Schluss erlauben — nur beipflichten.

Für eine starke, lange dauernde Anstrengung der Augen
als Gelegenheitsursache, wodurch die an und für sich schon
kräftigeren Interni zur bleibenden Contraction gebracht werden,
spricht entschieden das Alter der betreffenden Individuen, da
gerade in denjenigen Jahren, in denen sich die meisten derselben befinden, dauernde Anstrengungen der Augen gar häufig
und gewöhnlich sind. Dazu kommt, dass bei mehreren unserer
Fälle ausdrücklich zu bemerken ist, dass dieselben bis zu
ihrem Eintritt in die Klinik niemals corrigirende Gläser ge-
tragen haben; bei Benutzung der Brille aber brauchen die
Myopen das Object nicht so nahe zu nehmen, von ihren Augen
wird also eine geringere Convergenzleistung gefordert. Fehlt
hingegen die Brille, dann ist für das myopische Auge zum
deutlichen Sehen stets sehr starke Convergenz erforderlich,
wodurch fortwährend eine Dehnung des Externus und eine be-
ständige Contraction des Internus erzeugt wird, und die Folge
davon ist schliesslich eine Veränderung der mittleren Länge der
lateralen Augenmuskeln zu Gunsten des Externus und zu Un-
gunsten des Internus. Ob — wie *A. von Græfe* meint —
auf diese Vernachlässigung der Brille auch der Umstand zu-
rückzuführen ist, dass sich unter den myopischen Einwärtsschielenden fast noch einmal so viel Frauen als Männer finden,
müssen wir wohl dahingestellt sein lassen, da sich ja überhaupt unter der Gesammtheit unserer Strabismen eine beträchtlich grössere Procentzahl Frauen als Männer findet, was wohl
am einfachsten sich daraus erklären dürfte, dass Frauen eher
geneigt sind, ihrem Leiden eine grössere Beachtung zu schenken
und dafür ärztliche Hülfe in Anspruch zu nehmen. Für die
weiter als Gelegenheitsursache angegebene Schwächung der
Muskeln in Folge erschöpfender Allgemeinerkrankungen, wodurch bei den beständigen Convergenzforderungen das præ-

existirende Uebergewicht des Internus noch ausgesprochener zur Geltung gelangt, können von unseren 11 Fällen zwei als Belege dienen, bei denen eine solche Krankheit dem Auftreten des Strabismus unmittelbar vorhergegangen war.

Dass für die Entwickelung des Strabismus convergens myopicus die von *Mannhardt* aufgestellten mechanischen Momente, welche die Convergenz erleichtern sollen, maassgebend sind, lässt sich aus unseren Untersuchungen in keiner Weise feststellen, da die Maasse für den Winkel α uns leider fehlen, und diejenigen für die Pupillendistanzen unter sich zu sehr differiren und zudem bei einer zu geringen Anzahl von Fällen bestimmt sind, als dass irgend welche beweisende Schlussfolgerung erlaubt wäre.

Strabismus divergens.

Auswärtsschielende haben wir unter den 369 Strabismen 133, also 36%, wobei aber nochmals bemerkt werden muss, dass hier eine ziemlich bedeutende Anzahl von Fällen aus unserer Betrachtung hat wegfallen müssen, wegen Mangels der objectiven Refractionsbestimmung.[1]) Wenn daher auch der Strabismus divergens hinsichtlich der Häufigkeit seines Vorkommens dem Strabismus convergens nachsteht, so dürfte doch jedenfalls die Behauptung *Dieffenbach's*, dass auf 15 Einwärtsschielende nur 1 Auswärtsschielender kommt, sich als ganz unrichtig erweisen.

Was das Geschlecht anbelangt, so setzen sich die 133 Fälle von Strabismus divergens aus 56% weiblichen und 44% männlichen Individuen zusammen, ungefähr das nämliche Verhältniss wie bei Strabismus convergens. Mit dem linken Auge schielen hier etwa $^2/_5$ der Fälle und gut ebenso viele mit dem rechten, während der letzte Fünftheil alternirendes Schielen zeigt. — Unter diesen 133 Fällen finden sich 62 mit myopischer Refraction auf beiden Augen, 30 mit beiderseits ver-

---

[1]) Wenn wir auch diejenigen Fälle von myopischer Divergenz hier in Betracht ziehen, deren Refraction nur subjectiv bestimmt wurde, so ändern sich unsere Zahlenverhältnisse ganz beträchtlich. Wir erhalten dann eine Gesammtheit von 221 Divergenzfällen, also 48% zu 52% von Strabismus convergens. Und da sich unter den 221 divergenten Strabismen nun 150 Fälle von Strabismus divergens myopicus finden, so ergibt sich die Procentzahl dieser letztern Form nicht mehr zu 47%, sondern zu 68%, während umgekehrt die Procentzahl für Strabismus divergens hypermetropicus von 29% auf 17% herabsinkt.

schiedener Refraction, 3 mit Emmetropie beiderseits und 38 Fälle mit Hypermetropie auf beiden Augen.

***

Strabismus divergens myopicus macht demnach 47% unserer Divergenzfälle aus, — eine Procentzahl, die gerade bei dieser speciellen Form aus oben genanntem Grunde jedenfalls nicht unerheblich zu klein genommen ist,[1] wenn dieselbe auch immerhin der von *Donders* angegebenen Zahl, der $^2/_3$ sämmtlicher Fälle von Divergenz auf Myopie beruhen lässt, nicht ganz gleichkommen dürfte. Bei diesen 62 Myopen sind 14 mit Astigmatismus und 5 mit Maculæ corneæ mitgerechnet; der Astigmatismus findet sich aber in einem Drittheil der Fälle beiderseits und in einem weiteren Drittheil gerade auf dem nicht abgelenkten Auge; ebenso sind die Maculæ meistens beiderseits vorhanden, so dass daher auch diese Fälle hier ohne Weiteres als zulässig bezeichnet werden dürfen; übrigens wird der Beziehung der Maculæ corneæ zu dem auf Refractionsanomalie beruhenden Strabismus noch später gedacht werden.

Hinsichtlich des Alters dieser auswärtsschielenden Myopen ergeben sich für die Altersstufe von 1—10 Jahren 4 Fälle, also 6%, für diejenige von 10-20 Jahren 23, 37%; und ebenso für die von 20—30 Jahren 23, 37%; 7 Fälle, 12%, sind ferner 30—40 Jahre; 3, 5%, 40—50 Jahre und 2 Fälle, 3%, 50—60 Jahre alt. Auch bei unserer Zusammenstellung bestätigt sich also wieder, was schon durch *Dieffenbach* und besonders durch *Donders* und durch *von Graefe* als sehr wesentlich hervorgehoben worden, dass die Entwickelung des Strabismus divergens myopicus, im Gegensatz zu derjenigen des Strabismus convergens hypermetropicus, nur ausnahmsweise in die erste Jugendzeit fällt, vielmehr hauptsächlich in

---

[1] Siehe Anmerkung auf pag. 24.

die Pubertäts- und ersten Mannesjahre, wo ja auch die dem Leiden zu Grunde liegende Myopie ihre stärkste Entwickelung findet. Ausserdem ist bei dieser Strabismusform eine merkwürdig grosse Anzahl Fälle höheren Alters zu verzeichnen, welche beim hypermetropischen Convergenzschielen sozusagen ganz fehlen. Dieser Umstand ist wohl mit der spontanen Rückbildungsfähigkeit des hypermetropischen Schielens in Zusammenhang zu bringen, sei es nun, dass diese Rückbildung, wie *von Wecker*[1]) meint, wegen der durch das zunehmende Alter bedingten Verminderung der Accommodationskraft zu Stande kommt, oder aber, wie *Alfred Græfe*[2]) glaubt, in Folge Umwandlung der Hypermetropie in Emmetropie. *Mannhardt*[3]) erklärt das genannte Factum als übereinstimmend mit seinen Ansichten von den Entstehungsursachen des Strabismus: durch das Wachsthum des Schädels nimmt auch der Abstand beider Augen von einander zu, und so fällt mit der durch das zunehmende Alter bedingten Vergrösserung der Pupillendistanz das die Convergenz erleichternde Moment weg, weshalb Strabismus convergens sich mit dem Alter spontan zurückbilden kann, während das bei Divergenz nicht möglich ist.

Mit den genannten Altersverhältnissen des myopischen Auswärtsschielens stimmen diejenigen des myopischen Strabismus convergens ziemlich überein. Auch bezüglich der Refractionsstärke findet sich zwischen diesen beiden Strabismusformen sehr viel Aehnliches. 14 Fälle, 22%, haben eine Myopie von $20-10\,D$.; 19, 31%, eine solche von $10-5\,D$.; 18, 30%, $5-2\,D.M.$ und 7, 11%, $2-0\,D.M.$; 4 Fälle zeigen eine solch verschiedene Myopie auf beiden Augen, dass dieselben besser bei den unten folgenden Fällen von beiderseits ungleicher Refraction in Betracht gezogen werden, während wir hier sonst

---

[1]) *von Wecker*: Spontane Heilung des hypermetropischen Schielens.

[2]) *Alfred Græfe*: l. c pag. 133.

[3]) *Mannhardt*: Archiv f. Ophth. Bd. XVII. 2. pag. 83.

jeweilen die Augen mit beiderseits gleichnamiger Refraction, sofern der Gradunterschied 1¹/₂—2 *D.* nicht überschreitet, als isometropisch behandeln. Es zeigt sich also eine verhältnissmässig sehr grosse Anzahl von starker und stärkster Myopie, wogegen die Fälle von schwacher Kurzsichtigkeit ganz bedeutend zurücktreten: demnach fast dasselbe Ergebniss wie beim Strabismus convergens myopicus und gerade das entgegengesetzte von dem, was sich in dieser Hinsicht beim hypermetropischen Einwärtsschielen herausgestellt hat. Dabei ist aber hier wie dort zu bedenken, dass die höheren Grade von Myopie überhaupt viel häufiger vorkommen, als die schwachen, während bei Hypermetropie gerade das Gegentheil stattfindet.[1]) In Rücksicht darauf dürfte daher die oben aufgestellte Behauptung von der Häufigkeit der starken Refractionsgrade bei den schielenden Myopen im Gegensatz zu der Seltenheit derselben bei den schielenden Hypermetropen sehr zu modificiren sein.

Die Sehschärfe ist auf dem abgewichenen Auge meistens verringert, oft allerdings nur mit minimalem Unterschied. Der Grad der Myopie ist nur bei einem geringen Theil auf dem abgelenkten Auge ein stärkerer als auf dem fixirenden; in der Mehrzahl der Fälle ist beiderseits dieselbe Kurzsichtigkeit vorhanden.

Die Pupillendistanz wurde unter den 62 Fällen bei 13 gemessen und ergab durchschnittlich eine Grösse von 60 mm.; die einzelnen Maasse variirten zwischen 58 und 69 mm.

---

[1]) Vide *Donders*: Die Anomalien der Refraction und Accommodation. pag. 286.

So fand auch Herr Professor *Horner* in einer kleinen Zusammenstellung, die er 1873 wegen der Frage der Pupillendistanzen machte, unter 132 Myopen, die der Protokoll-Reihe nach herausgeschrieben wurden, 50 mit Myopie stärker als ¹/₅ und 100 mit *M.* > als ¹/₁₀. Unter 70 Hypermetropen hingegen, welche während der gleichen Zeitperiode zur Untersuchung gelangten, waren nur 7 mit *H.* > als ¹/₁₀. In beiden Reihen waren nur Individuen über 20 Jahre berücksichtigt.

Heredität lässt sich hier nur in einem einzigen Falle
eruiren. Eine ausgesprochene Asymmetrie des Schädels ist
ebenfalls nur in zwei Fällen zu bemerken, mit Ausnahme
allerdings jener 4 Fälle von myopischer Divergenz, die wegen
ihres colossalen Unterschiedes in der Refractionsstärke beider
Augen ganz und gar zu den eigentlichen anisometropischen
Fällen mit völlig ungleicher Refraction zu rechnen sind.

Abgesehen von den 4 eben genannten Fällen mit gleichnamiger **Anisometropie,** verzeichnet unsere Zusammenstellung
30 divergente Strabismen mit totaler Refractionsverschiedenheit auf beiden Augen. Darunter sind 10 mit Emmetropie
des einen und Myopie des andern und zwar mit einer einzigen
Ausnahme immer des abgelenkten Auges; 8 mit Emmetropie
des einen und Hyperopie des andern, auch hier meistens des
abgewichenen Auges; und schliesslich 12 Fälle mit Myopie
des einen und Hyperopie des andern Auges, wo bald das
schielende Auge myopisch oder hypermetropisch ist, bald das
fixirende. Bei der einen Hälfte dieser Fälle ist der Grad der
Ametropie, der Hyperopie sowohl wie der Myopie, ein sehr
starker, bei der andern Hälfte nur ein schwacher. Im Vergleich zu den einwärtsschielenden Anisometropen sind die auswärtsschielenden bedeutend stärker vertreten, denn dort finden
sich auf 236 13, also 6%, hier aber 30 auf 133, 23%. Dort
wird mehr als die Hälfte der Fälle (54%) durch die auf E.
des einen und H. des andern Auges beruhende Anisometropie
repräsentirt, während die Verbindungen von E. mit M. und
anderseits von M. mit H. sich in den Rest der Fälle gleich-
mässig theilen; hier unter den auswärtsschielenden Anisometropen zeigt sich die Combination von E. und M. genau in
einem Drittheil der Fälle (33%), während M. mit H. etwas
mehr (40%) und E. mit H. etwas weniger (27%) vertreten

ist. Aus dieser Zusammenstellung lässt sich, wie leicht ersichtlich, kein positives Resultat gewinnen, der Art nämlich, dass mit einiger Sicherheit der Nachweis dafür geliefert werden könnte, dass der Hauptsache nach auch beim anisometropischen Strabismus, analog wie beim hypermetropischen und myopischen, die Refraction jeweilen die Form des Schielens bestimmt. Im Gegentheil dürften wohl bei der ·Entstehung dieser Strabismen in erster Linie die dynamischen Verhältnisse der lateralen Augenmuskeln von maassgebendem Einflusse sein. Ein Missverhältniss in der Gleichgewichtsstellung dieser Muskeln kann nun entweder ohne primäre Beeinträchtigung des binocularen Sehens zum bleibenden Ausdruck gelangen, oder aber — und diese Entstehungsart liegt natürlich viel näher — es findet zuerst eine Störung des binocularen Sehactes statt, wie eine solche durch hohe Grade der Ametropie bei anisometropischen Augen für die Nähe oder Ferne ja stets gegeben ist, und sobald nicht mehr gemeinschaftlich gesehen wird, kann sich, je nach dem Ueberwiegen der Externi oder Interni, Strabismus divergens oeer convergens entwickeln, ohne irgend welche Rücksichtnahme auf die jeweilige Refractionsform. Ausserdem kommt als weiteres Moment für die Schädigung des Binocularsehens, also auch für ein erleichtertes Zustandekommen der Ablenkung hinzu, dass sich gerade bei diesen Fällen eine ziemlich grosse Anzahl mit Astigmatismus, und zwar immer des abgelenkten Auges, und ebenso einige mit Maculae corneae finden.

Verhältnissmässig sehr häufig zeigt sich bei den genannten anisometropischen Strabismusformen eine ausgesprochene Asymmetrie in der Schädel- und Gesichtsbildung. Während bei den andern Strabismen, wie wir gesehen, diese Erscheinung nur ganz vereinzelt auftritt, so treffen wir dieselbe hier bei gut $^2/_3$ aller Fälle. Es darf dies wohl Veranlassung dazu sein, jene Asymmetrie bei der Frage nach den Grundursachen, dieser Schielform wesentlich in Berücksichtigung zu ziehen indem ihre pathogenetische Wichtigkeit für dieses Schielen durch ihren Einfluss auf die Organisation der Augenmuskeln und deren Insertionsverhältnisse zu begründen ist. Ob nun aber die genannte Asymmetrie im Allgemeinen für das Schielen von so grosser Bedeutung ist, wie *von Hasner* meint, der Unregelmässigkeiten des Schädelbaues sehr häufig sein und unter den Ursachen des Schielens eine hervorragende Rolle spielen lässt — dürfte denn doch etwas fraglich erscheinen. Wenigstens unsere diesbezüglichen Beobachtungen bei den verschiedenen Schielformen erlauben eine solche weitgehende Schlussfolgerung nicht, obschon wir dafür halten, dass bei Strabotischen sich allerdings mehr Asymmetrien der Orbitæ finden, als bei Nichtschielenden. *Emmert*[1]) hingegen will bei seinen Untersuchungen über die Horizontalschnitte verschiedener Orbitæ Unregelmässigkeiten im Bau derselben nur ganz ausnahmsweise gefunden haben.

Die drei Fälle von Strabismus divergens mit beiderseitiger Emmetropie haben, analog den 4 Fällen bei Strabismus convergens, ihre Entstehungsursache wohl ebenso in den dynamischen Muskelverhältnissen wie die vorhergehende Strabismusform. Welche anatomischen und physiologischen Verhältnisse dem Uebergewicht der Externi oder Interni zu Grunde liegen, muss eben auch hier dahingestellt bleiben. Das Eintreten der Ablenkung wurde theilweise hier ebenfalls erleichtert, indem 2 dieser 7 Fälle von emmetropischem Strabismus Astigmatismus und 1 Maculæ corneæ auf dem schielenden Auge aufweisen.

Schliesslich haben wir nun noch diejenigen Fälle von Strabismus divergens zu betrachten, die auf beiden Augen hypermetropische Refraction zeigen, die also im schärfsten Gegensatz zu der gewöhnlichen Form des hypermetropischen Schielens stehen.

---

[1]) *Emmert*: l. a. pag. 48 und 49.

Der **Strabismus divergens hypermetropicus** ist noch nicht lange bekannt und findet sich in der Literatur bis auf die neueste Zeit nur ganz andeutungsweise und als seltene Ausnahmsform gewürdigt. *A. von Græfe* und *Donders* kennen denselben noch gar nicht; bei *Alfred Græfe*[1]) und in den klinischen Beobachtungen von *Pagenstecher* und *Sæmisch*[2]) finden sich kurze Andeutungen über die Möglichkeit seines Vorkommens. *Reich*[3]) war bis jetzt der erste und einzige, der mit diesem Gegenstand sich eingehender befasste. Derselbe macht darauf aufmerksam, dass das Divergenzschielen bei Hypermetropen viel häufiger vorkommt, als man bisher anzunehmen geneigt war. Und zwar handelt es sich dabei nach seiner Ansicht nicht um ein zufälliges Zusammentreffen von Hypermetropie mit einer durch Insufficienz der Interni hervorgerufenen Divergenz; sondern die Hypermetropie steht mit dem Strabismus divergens in einem ursächlichen Zusammenhang, ausgenommen die Fälle mit angeborner Insufficienz, die hier natürlich ebenso gut wie bei einer anderen Refractionsanomalie vorkommen kann. *Reich* lässt nun fragliche Strabismusform sich um so leichter entwickeln, je höher der Grad der Hypermetropie ist und je plötzlicher und in je späterem Alter die Anforderung starker Convergenz eintritt, wo dann die Interni nicht Zeit gehabt haben, von Jugend auf sich einzuüben und deshalb jener Anforderung nun nicht nachzukommen vermögen. *Mauthner*[4]), der in seinen Vorlesungen dieses Leidens ebenfalls gedenkt, widerspricht der Ansicht *Reich*'s nicht, hält aber eher dafür, dass die Ablenkung einfach wegen vor-

---

[1]) *Alfred Grüfe*: l. c. pag. 135.

[2]) *Pagenstecher* und *Sæmisch*: Klinische Beobachtungen aus der Augenheilanstalt zu Wiesbaden. Drittes Heft. 1866. pag. 90.

[3]) *Reich*: Russische Dissertation: «Material zur Bestimmung der dynamischen Verhältnisse der Interni und Externi in Augen von verschiedener Refraction.» Referat in *Nagel's* Jahresbericht. 1876. pag. 439.

[4]) *Mauthner*: l. c. pag. 564.

handenen Uebergewichtes der Externi erfolge. *Emmert*[1]) hingegen sieht, getreu den *Mannhardt*'schen Auffassungen von der Aetiologie des Schielens, die Entstehungsursache in einer abnorm grossen Pupillendistanz dieser hypermetropischen Augen.

Unsere Beobachtungen erstrecken sich auf 38 Fälle; es würden sich demnach bei einer Gesammtheit von 133 Divergenzfällen 29 % für Strabismus divergens hypermetropicus ergeben, eine Procentzahl, die allerdings aus früher angeführten Gründen im Verhältniss zur Wirklichkeit zu hoch gegriffen sein dürfte.[2]) Immerhin repräsentiren bei einer Gesammtzahl von 369 Strabismen aller Formen diese 38 Fälle von Strabismus divergens hypermetropicus eine .ganz erhebliche Zahl, die merkwürdig contrastirt mit der bis dahin stets behaupteten enormen Seltenheit dieser Strabismusform. Dieselbe ist nach unseren Untersuchungen weit häufiger als der längst bekannte Strabismus convergens myopicus und man hat sich nur zu wundern, dass dieselbe so lange Zeit nicht eingehender studirt wurde. Es sei daher gestattet, hier diesen Strabismus einlässlicher zu behandeln und 'die verschiedenen Fälle in der nachfolgenden Tabelle II einzeln anzuführen.

---

[1]) *Emmert*: l. c. pag. 191.

[2]) Vide Anmerkung pag. 24 h l. Nach derselben ergeben sich bei Mitberücksichtigung aller divergenten Strabismen, auch derjenigen, deren Refraction nur subjectiv bestimmt worden, nur 17 % für Strabismus divergens hypermetropicus.

Tabelle II.

Personen	Alter	Geschlecht	Auge	Strabismus	Sehschärfe	Refraction subjectiv	Refraction objectiv	Astigmat.	Trübungen	Pupillen-distanz	Bemerkungen
1.	20 J.	W.	L.	Strab. div.	$^1/_5$	H. $^1/_{15}$	H. $^1/_{10}$				
			R.	alternans	1	H. $^1/_{18}$	H. $^1/_{15}$				
2.	17 J.	M.	L.	Strab. div.	1	E.	H. $^1/_{24}$				Strabismus im fünften Lebensjahr nach Intermittens entstanden.
			R.		1	E.	H. $^1/_{24}$				
3.	24 J.	W.	L.	Strab. div.	$^1/_3$	H $^1/_{15}$	H. $^1/_{15}$	As. h.		68 mm.	
			R.		$^5/_6$—1	H. $^1/_{40}$	H. $^1/_{40}$	As. h.			
4.	13 J.	M.	L.	Strab. div.	1	H. $^1/_{60}$	H. $^1/_{24}$				Patient hatte lange an den „Giehtern" gelitten.
			R.		1	H. $^1/_{36}$	H. $^1/_{48}$				
5.	15 J.	W.	L.	Strab. div.	1	H. $^1/_{42}$	H. $^1/_{20}$				Strabismus schon seit frühester Jugend.
			R.		1	H. $^1/_{48}$	H. $^1/_{48}$				
6.	41 J.	W.	L.		1	H. $^1/_{36}$	H. $^1/_{24}$			62 mm.	Patientin war oft krank, besonders in letzter Zeit.
			R.	Strab. div.	$^1/_2$	H. $^1/_{48}$	H. $^1/_{24}$				

Personen	Alter	Geschlecht	Auge	Strabismus	Sehschärfe	Refraction subjectiv	Refraction objectiv	Astigmat.	Trübungen	Pupillen-distanz	Bemerkungen
7.	18 J.	M.	L.	Strab. div.	1		$=H.^{1}/_{15}$ $\parallel H.^{1}/_{21}$	As. h.			
			R.	alternans	$^1/_5$		$=H.^{1}/_{10}$ $\parallel H.^{1}/_{12}$	As. h.			
8.	6 J.	W.	L.	Strab. div.			$H.^{1}/_{12}$				Patientin hat die „Gichter" gehabt.
			R.	alternans			$H.^{1}/_{12}$				
9.	37 J.	M.	L.		$^1/_3 - ^1/_2$ o. Gl.	$H.^{1}/_{10}$	$H.^{1}/_{10}$	As. h.			
			R.	Strab. div.	Finger in 10′		$H.^{1}/_{10}$	As. h.			
10.	17 J.	M.	L.	Strab. div.	1	$H.^{1}/_{36}$	$H.^{1}/_{24}$			68 mm.	Strabismus von früher Jugend auf. Starke Asymetrie.
			R.		1	$H.^{1}/_{36}$	$H.^{1}/_{24}$				
11.	5 J.	W.	L.	Strab. div.			$H.^{1}/_{42}$				Patientin war schon öfter krank.
			R.	alternans			$H.^{1}/_{4:}$				
12.	21 J.	W.	L.	Strab. div.	1	$H.^{1}/_{48}$	$H.^{1}/_{24}$			66 mm.	Pat. hat einen schweren Typhus durchgemacht.
			R.	alternans	1	$H.^{1}/_{48}$	$II.^{1}/_{24}$				

Personen	Alter	Geschlecht	Auge	Strabismus	Schschärfe	Refraction subjectiv	Refraction objectiv	Astigmat.	Trübungen	Pupillen-distanz	Bemerkungen
13.	11 J.	W.	L.		1	$H.\,^1/_{30}$	$H.\,^1/_{24}$				Strabismus hereditär.
			R.	Strab. div.	1	$H.\,^1/_{48}$	$H.\,^1/_{30}$				
14.	18 J.	M.	L.	Strab. div.			$H.\,^1/_{36}$				
			R.				$H.\,^1/_{36}$				
15.	12 J.	W.	L.	Strab. div.	$^1/_2$ o. Gl.		$=H.\,^1/_{10}$ $\| H.\,^1/_{20}$	As. h.		50 mm.	
			R.		$^1/_2$		$=H.\,^1/_{10}$ $\| H.\,^1/_{20}$	As. h.			
16.	40 J.	W.	L.		1	$H.\,^1/_{16}$	$H.\,^1/_{16}$			62 mm.	Pat. ist stark anämisch.
			R.	Strab. div.	1	$H.\,^1/_{30}$	$H.\,^1/_{30}$				
17.	21 J.	M.	L.	Strab. div.	$^1/_7$	$H.\,^1/_{10}$	$H.\,^1/_{10}$				Patient ist sehr schwach und anämisch.
			R.		$^5/_6$	$H.\,^1/_{42}$	$H.\,^1/_{42}$				
18.	18 J.	M.	L.		1		$H.\,^1/_{72}$				
			R.	Strab. div.	Finger in 6′		$H.\,^1/_{36}$		Maculæ corneæ		

Personen	Alter	Geschlecht	Auge	Strabismus	Sehschärfe	Refraction subjectiv	Refraction objectiv	Astigmat.	Trübungen	Pupillen-distanz	Bemerkungen
19.	13 J.	W.	L.	Strab. div.	1		H.$^1/_{16}$				Pat. sieht sehr kränklich aus.
			R.	alternans	1		H.$^1/_{12}$				
20.	33 J.	W.	L.	Strab. div.	Finger in 10'		H.$^1/_{28}$		Maculæ corneæ		
			R.		1	H.$^1/_{30}$	H.$^1/_{28}$				
21.	23 J.	W.	L.	Strab. div.	$^1/_7$	H.$^1/_8$	H.$^1/_8$				
			R.		$^5/_6$	E.	H.$^1/_{42}$				
22.	7 J.	W.	L.	Strab. div.	$^1/_5$ o. Gl.		H.$^1/_{18}$				
			R.	alternans	$^1/_2$		H.$^1/_{18}$				
23.	13 J.	M.	L.	Strab. div.	1		H.$^1/_8$			55 mm.	Patient hat Scharlach und Bräune gehabt.
			R.	alternans	1		H.$^1/_8$				
24.	22 J.	M.	L.	Strab. div.	Finger in 10'		H.$^1/_8$				Strab. seit früher Jugend.
			R.		1	H.$^1/_{30}$	H.$^1/_{30}$				

Personen	Alter	Geschlecht	Auge	Strabismus	Sehschärfe	Refraction		Astigmat.	Trübungen	Pupillen-distanz	Bemerkungen
						subjectiv	objectiv				
25.	35 J.	W.	L.	Strab. div.	$^1/_{20}$	$H.^1/_{10}$	$H.^1/_8$				Patientin ist sehr oft und schwer krank gewesen.
			R.		1	$H.^1/_{20}$	$H.^1/_{13}$				
26.	20 J.	M.	L.	Strab. div.	Finger in 5′		$H.^1/_{16}$		Maculæ		
			R.		1	$H.^1/_{35}$	$H.^1/_{16}$				
27.	5 J.	M.	L.				$H.^1/_{30}$				
			R.	Strab. div.			$H.^1/_{30}$				
28.	16 J.	W.	L.		1		$H.^1/_{48}$				Strab. seit früher Jugend, wo sich auch ein Wirbelsäuleleiden entwickelte.
			R.	Strab. div.	$^1/_2$		$H.^1/_{20}$				
29.	25 J.	W.	L.	Strab. div.	1	$H.^1/_{28}$	$H.^1/_{20}$			62 mm.	Strabismus nach schwerer Krankheit entstanden.
			R.		1	$H.^1/_{28}$	$H.^1/_{20}$				
30.	7 J.	M.	L.		1	$H.^1/_{48}$	$H.^2/_{16}$				
			R.	Strab. div.	1	$H.^1/_{60}$	$H.^1/_{16}$				
31.	6 J.	W.	L.	Strab. div.	1		$H.^1/_{20}$				Auffallend zartes und anämisches Kind.
			R.	alternans	1		$H.^1/_{42}$				

Personen	Alter	Geschlecht	Auge	Strabismus	Sehschärfe	Refraction		Astigmat.	Trübungen	Pupillen-distanz	Bemerkungen
						subjectiv	objectiv				
32.	40 J.	M.	L.		$1'\,2$	$H.^1/_{20}$	$H.^1/_{10}$				
			R.	Strab. div.	Finger in 4′		$H.^1/_{10}$				
33.	9 J.	W.	L.		$^1/_5$ o. Gl.		$=H.^1/_8$ ‖ E.	As. h.			
			R.	Strab. div.	$^1/_5$		$=H.^1/_{10}$ ‖ $H.^1/_{20}$	As. h.			
34.	18 J.	W.	L.		1	$H.^1/_{42}$	$H.^1/_{60}$				Patientin zeigt hoehgradige Chlorose. Starke Asymmetrie.
			R.	Strab. div.	1	$H.^1/_{42}$	$H.^1/_{60}$				
35.	6 J.	W.	L.				$H^1/_{60}$				Patientin hat an den „Gichtern" gelitten.
			R.	Strab. div.			$H.^1/_{60}$				
36.	14 J.	W.	L.	Strab. div.	1	$H.^1/_{48}$	$H.^1/_{13}$			56 mm.	Schlecht genährtes und anämisches Individuum.
			R.		1	$H.^1/_{48}$	$H.^1/_{13}$				
37.	19 J.	W.	L.	Strab. div.	1	$H.^1/_{30}$	$II.^1/_{30}$				Patientin ist am Typhus darniedergelegen unmittelbar ehe das Schielen auftrat.
			R.	alternans	1	$H.^1/_{30}$	$H.^1/_{30}$				
38.	20 J.	M.	L.		1	E.	$H.^1/_{42}$		—	64 mm.	Patient hat vor Beginn des Schielens einen schweren Scharlach durchgemacht.
			R.	Strab. div.	1	$M.^1/_{60}$	$H.^1/_{42}$				

Auf dieser Tabelle treffen wir bei Nr. 18, 20 und 26 auf dem abgelenkten Auge Maculæ corneæ mit bedeutend reducirtem Sehvermögen. So wenig wir nun bei den früher besprochenen, auf Hypermetropie oder Myopie beruhenden Schielformen Veranlassung nahmen, solche Fälle von denjenigen, die ohne weitere Complicationen nur ihre Ametropie aufweisen, irgendwie zu trennen, ebensowenig werden wir es auch hier thun, ohne dabei für die Richtigkeit unserer Untersuchungen fürchten zu müssen. Die Hornhautflecken sind niemals Grundursache dieser Strabismen, sondern dieselbe liegt immer in der bestehenden Refractionsanomalie; nur als ein die Ablenkung begünstigendes Moment können die Maculæ dabei wirken, insofern sie nämlich die Veranlassung sind, dass gerade das Auge mit der afficirten Cornea und nicht das gesunde der durch den Refractionszustand verursachten Deviation sich unterzieht. Einen ganz anderen Standpunkt in dieser Frage nehmen allerdings *Pagenstecher* und *Sämisch*[1]) ein, die unter den Entstehungsursachen des Schielens und besonders des convergenten Schielens die Maculæ corneæ ohne weitere Anomalie der befallenen Augen eine sehr grosse Rolle spielen lassen; so z B. wollen genannte Autoren unter 53 Fällen von Strabismus convergens als Grund des Schielens 24 Mal Maculæ corneæ, 23 Mal Hypermetropie und 6 Mal beides zugleich gefunden haben, ein Resultat, das nur dann einigermaassen begreiflich wird, wenn man bedenkt, dass bei dessen Feststellung die

---

[1]) *Pagenstecher* und *Sämisch:* Klinische Beobachtungen aus der Augenheilanstalt zu Wiesbaden. 1. Heft, pag. 64. 2. Heft, pag. 37. 3. Heft, pag. 89.

ophthalmoscopische Refractionsbestimmung fast durchweg vernachlässigt wurde. Unsere eigenen Beobachtungen lassen uns verhältnissmässig nur sehr selten ein Zusammentreffen des hypermetropischen oder myopischen Strabismus mit Maculæ corneæ constatiren, und bei dem enorm häufigen anderweitigen Vorkommen der Hornhautflecken ist gerade dieser Umstand der beste Beweis dafür, dass dieselben unmöglich von sich aus das Schielen verursachen können.

Der Astigmatismus, der sich auf Tabelle II in 5 Fällen vorfindet, kann ebenfalls keinen Einfluss auf die Entstehung des Strabismus beanspruchen, da er stets auf beiden Augen und zwar so ziemlich in gleicher Stärke vorhanden ist. Es bleibt also nur die beiderseitige Hypermetropie, auf welcher die in Frage stehende Strabismusform basiren kann. Ausdrücklich hervorzuheben bleibt noch, dass in allen Fällen vorhergegangene Oculomotorius-Paralysen oder -Paresen mit Sicherheit auszuschliesen sind, und ebenso selbstverständlich scheinbarer und artificieller Strabismus divergens.

Ziehen wir nun zuerst das Alter in Betracht, so lassen sich 35% in die Altersperiode vom 1.—10. Jahr, 35% in diejenige vom 10.—20., 14% in die vom 20.—30. und endlich 16% in die Periode vom 30.—41. Jahr einreihen. Wir glauben hier zur Recapitulation der betreffenden Ergebnisse bei den übrigen Strabismusformen ein Schema der verschiedenen Alterscurven ausschliessen zu dürfen, welches wenigstens ungefähr die Altersscalen der vier besprochenen Schielarten veranschaulichen mag. Es sei darin die Curve für dem Strabismus convergens hypermetropicus mit c. h., diejenige für den Strabismus convergens myopicus mit c. m., die für den Strabismus divergens myopicus mit d. m. und diejenige für den Strabismus divergens hypermetropicus mit d. h. bezeichnet. Die Abscissen repräsentiren die verschiedenen Altersperioden von zehn zu zehn Jahren, und die Ordinaten die Zahl der Fälle in Procenten ausgedrückt.

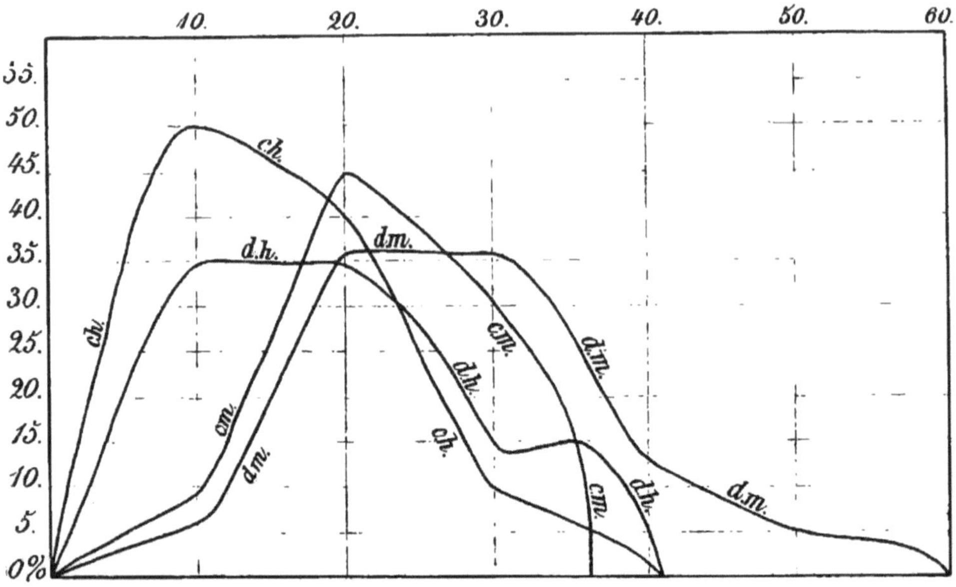

Ein Blick auf dieses Schema zeigt — was schon früher
hervorgehoben wurde — die grosse Aehnlichkeit der beiden
Curven für die myopischen Strabismusformen, deren Culmina-
tionspunkt erst in die Jahre unmittelbar nach der Pubertät,
fällt, während anderseits auch die beiden Curven für die
hypermetropischen Strabismen eine deutliche Uebereinstimmung
erkennen lassen. Dieselben steigen gleich während der ersten
zehn Jahre zu ihrer grössten Höhe an; diejenige für den
Strabismus divergens hypermetropicus hält sich während der
Pubertätsjahre auf dieser Höhe, um dann vom zwanzigsten
Jahre an ziemlich stark zu fallen, während die Curve für den
Strabismus convergens hypermetropicus schon vom zehnten
Jahr an allmälig niedersteigt.

Wenn nun *Reich* die Entstehung des Strabismus divergens
hypermetropicus in das spätere Alter zu verlegen geneigt ist,
so müssen wir nach unseren Beobachtungen hierin seinen Angaben widersprechen, denn auch diese hypermetropische Schielart sehen wir am häufigsten in der Jugendzeit vorkommen.
Die Schlussfolgerung, die *Reich* aus seiner Annahme zieht

dass nämlich Mangel an Uebung seitens der Interni während der Jugendjahre später bei starken Convergenzforderungen die Divergenz verursache, würde sich folglich als nicht stichhaltig erweisen.

Was die Refractionsstärke bei diesen Fällen anbelangt, so ist dieselbe durchweg eine geringe: 51 % zeigen eine Hyperopie von 5—2 D. und 49 % eine solche von 2—0 D.; stärkere Grade sind gar nicht vertreten. Die Hyperopie ist demnach hier noch eine beträchtlich schwächere als beim Strabismus convergens hypermetropicus. Die Behauptung *Reich's*, dass sich diese ungewöhnliche Schielform bei Hypermetropen um so eher entwickle, je stärker der Grad ihrer Ametropie sei, wird daher durch unser Ergebniss ebenfalls nicht bestätigt. Die schwachen Hypermetropiegrade scheinen im Gegentheil hier in einem solchen Maasse vorzuherrschen, dass man jedenfalls bei Erklärung der Entstehungsursachen von irgend welchem Einfluss einer ungewöhnlich starken Accommodationsleistung von vorneherein absehen muss.

Im Uebrigen findet sich auch hier bei dem einen Theil der Fälle eine stärkere Hyperopie auf dem strabotischen Auge, bei dem andern Theil beiderseits gleiche Refractionsstärke und bei wenigen, vereinzelten Fällen sogar etwas stärkere Hyperopie auf dem fixirenden Auge. Die Sehschärfe ist beinahe bei der Hälfte der Fälle beiderseits gleich und sonst auf der schielenden Seite mehr oder weniger abgeschächt. Verhältnissmässig häufig zeigt sich alternirendes Schielen.

Die Pupillendistanz ist bei 10 von diesen Fällen gemessen; dieselbe schwankt zwischen 50 und 68 Millimeter und liefert ein Durchchnittsmaass von 61,3 Millimeter. Dasselbe würde sich demnach grösser ergeben als bei Strabismus convergens hypermetropicus und würde selbst dasjenige bei Strabismus divergens myopicus noch um etwas übertreffen. Diesen Umstand aber irgendwie zu einer sicheren Schlussfolgerung verwerthen zu wollen, halten wir für vollständig ungerechtfertigt

und zwar nicht nur in Rücksicht auf die allzu geringe Zahl
unserer einschlägigen Beobachtungen. Schon in unseren
Zusammenstellungen beweisen die gewaltigen Schwankungen
in den Maassen, wie wenig bei dieser grossen und ganz un-
gleichmässigen Verschiedenheit der Pupillendistanzen an die Auf-
stellung eines allgemein gültigen Gesetzes zu denken ist. Ausserdem aber ist den dahinzielenden Angaben *Mannhardt's*, deren
Richtigkeit übrigens schon *Alfred Græfe* bestreitet, *Mauthner*[1])
mit schlagenden Beweisen entgegengetreten, der seine Resultate in dieser Hinsicht im scharfen Widerspruch mit denjenigen *Mannhardt's* stehen lässt. Durch die Freundlichkeit von Herrn Professor Dr. *Horner* sah sich Verfasser in
der Lage, von einer diesen Gegenstand betreffenden statistischen
Zusammenstellung Kenntniss zu nehmen, die vor wenigen
Jahren unter *Horner* über die Pupillendistanzen bei den verschiedenen Refractionen angefertigt wurde und worüber *Horner*
schon auf dem vorletzten Heidelberger Congresse kurz referirte.
Darnach findet sich sowohl bei Hypermetropen wie bei Myopen
die grösste Inconstanz in den Maassen der Pupillendistanz,
während dieselben bei Emmetropie sich als sehr constant erweisen, welche letztere Angabe, beiläufig bemerkt, in allerneuester Zeit von *Emmert* angegriffen wird. — Der Gedanke
an einen ursächlichen Zusammenhang zwischen der Grösse
der Pupillendistanz und den verschiedenen Schielformen ist
daher wohl fallen zu lassen.

Hingegen ist beim Strabismus divergens hypermetropicus
auf einen andern Umstand aufmerksam zu machen. Aus oben-
stehender Tabelle ist ersichtlich, dass bei der Mehrzahl der
mit diesem Leiden behafteten Individuen der Entwickelung des
Schielens mehr oder weniger lange dauernde Krankheiten
dieser oder jener Art unmittelbar vorangegangen sind, welche

----

[1]) *Mauthner*: Vorlesungen über die optischen Fehler des Auges.
pag. 547.

allgemeine Erschöpfung zur Folge hatten; oder aber es ist bei diesen Strabotischen ein mehr oder weniger deutlich ausgesprochener Zustand von allgemeiner Schwäche und Anämie zu constatiren, ein Zustand, dessen Bestehen sich bei genaueren Erhebungen gewöhnlich schon in die Zeit vor dem Auftreten des Strabismus zurückdatiren lässt. Diese Beobachtung steht vollständig im Einklang mit den Erfahrungen, die Herr Professor *Horner* sonst in dieser Hinsicht zu machen Gelegenheit hatte. Es ist daher die Annahme wohl berechtigt, dass diese eben mitgetheilte Thatsache in die engste Verbindung mit der Entstehung der betreffenden Schielart zu bringen ist. Der allgemeine Schwächezustand des Körpers erzeugt auch eine abnorme Schwäche der Augenmuskeln. Doch diese Schwäche manifestirt sich nur in der Thätigkeit der Interni, weil an dieselben durch das erhöhte Accommodations- und das damit verbundene verstärkte Convergenzbedürfniss des hypermetropischen Auges stetsfort vermehrte Anforderungen gestellt werden. Diesen Anforderungen vermögen die geschwächten Interni nun nicht mehr zu genügen, es kommt zur Insufficienz derselben und schliesslich zum absoluten Strabismus divergens. Dass dabei auch hie und da anstatt der e r w o r b e n e n Schwäche der Interni ein a n g e b o r e n e s Uebergewicht der Externi in Frage kommen kann, ist natürlich nicht auszuschliessen.

Ueber die operative Behandlung des Strabismus divergens hypermetropicus war Herr Professor *Horner* ebenfalls so freundlich, mir aus seinen Erfahrungen einige Mittheilungen zu machen. — Es ist hier sehr in Berücksichtigung zu ziehen, dass der Effect der Tenotomie des Externus bei hypermetropischem Strabismus divergens ein anderer ist, als bei myopischem. Denken wir uns zwei Fälle von Strabismus divergens mit gleichem Schielwinkel, der eine bei Myopie, der andere bei Hypermetropie, — und zwar beide mit nicht so bedeutender Abweichung, dass von vorneherein eine einfache

Tenotomie ausgeschlossen wäre, so zeigt im Allgemeinen die Erfahrung, dass der Effect der Tenotomie des Externus beim myopischen Strabismus divergens viel grösser ist, als beim hypermetropischen. Selbst mässige Grade von Strabismus divergens hypermetropicus, von 6—7 mm. Linearmaass, werden sogar durch doppelseitige Tenotomie des Externus nicht völlig beseitigt, und niemals läuft man Gefahr, dabei eine beträchtliche Insufficienz des tenotomirten Externus zu bekommen, wie eine solche bei Myopie, und zwar vorzüglich bei starker Myopie, wo sich ein sehr langer Bulbus vorfindet, so gerne eintritt. Die höheren Grade von Strabismus divergens hypermetropicus erfordern daher immer die Combination der Vorlagerung des Internus mit der Rücklagerung des Externus.

Diese Erfahrungen sprechen einerseits sehr für die Annahme einer wirklichen Schwäche der Interni beim hypermetropischen Strabismus divergens; anderseits sind dieselben ein Beleg für den bedeutenden Einfluss, welchen das Verhältniss der Bulbusgrösse zur Orbita — des Gelenkkopfes zur Gelenkpfanne — auf den Effect der Tenotomie überhaupt ausübt.

Zum Schlusse liegt mir noch die angenehme Pflicht ob, meinem hochverehrten Lehrer Herrn Professor Dr. *Horner*, für die Anregung zu dieser kleinen Arbeit, sowie für die freundliche Unterstützung bei Ausführung derselben meinen höflichsten Dank auszusprechen.